Céline Döbelin

Abenteuerland

Das Autorenteam

Uschi Flacke

Jan Flieger
mit Kater Nicki

Herbert Friedmann

Diese drei Autoren haben gemeinsam das »Abenteuerland« erfunden. Ein Land der unbegrenzten Möglichkeiten: Uschi Flacke kennt sich aus in Sachen Grusel und Gespenster. Jan Flieger weiß alles über Zeitreisen. Und Herbert Friedmann ist Experte für komplizierte Kriminalfälle und Fachmann für die Ritterzeit. Gemeinsam sind sie das Spezialteam für Spannung und Abenteuer.

Abenteuerland

Uschi Flacke

Das Geheimnis der alten Burg

Mit Illustrationen
von Guido Wandrey

Arena

Den Titel »Abenteuerland« verwenden wir mit freundlicher Genehmigung der Künstlergruppe Pur. Das Lizenzhonorar für die Titelbenutzung kommt Schutzorganisationen zur Vermeidung des Missbrauchs von Kindern zugute.

In neuer Rechtschreibung

1. Auflage 2001

Innenillustrationen: Guido Wandrey
Umschlagillustration: Peter Klaucke
Vorsatzillustration / Illustration auf S. 6/7: Ference Regös
Nachsatzillustration: Karl-Heinz Höllering
Einbandgestaltung: Robert und Horst Marketing GmbH
Gesamtherstellung: Westermann Druck Zwickau GmbH
ISBN 3-401-05216-0

Inhalt

Die Haifisch-Bande

bias
Tine
Spocki
Vanessa
Mehmet
Alex
10

Maja,

neun Jahre alt, liebt Zaubertricks über alles: In ihrem roten Zauberköfferchen hat sie jede Menge magisches Zubehör, doch die meisten ihrer Tricks gehen leider daneben ... Sie steht auf alles Geheimnisvolle und hat deshalb auch eine besondere Beziehung zu Gespenstern und Geistern, alten Schlössern und verfallenen Burgen. Dieses Hobby teilt sie mit ihrem besten Freund Spocky, mit dem sie zusammen durch dick und dünn geht. Maja ist der bunte Vogel in der Haifischbande, sie trägt am liebsten ausgeflippte Klamotten.

Spocky,

zehn Jahre alt, heißt eigentlich Daniel. Den Spitznamen verdankt er einem Kopfhörer mit Empfänger und intergalaktischer Antenne, ohne den er nicht aus dem Haus geht. Er hofft, irgendwann Signale von Außerirdischen zu empfangen. Außerdem gehört ein Fernglas mit Fotoauslöser zu seiner Standardausrüstung. In der Fabrik hat er sich ein Fotolabor eingerichtet. Spocky ist total durchtrainiert und ein scharfer Beobachter. Im richtigen Moment ist er absolut zuverlässig.

Lesenacht in der alten Burg

Ein leiser Wind streicht durch die hohen Pappeln neben der stillgelegten Fischfabrik. Lautlos schleicht sich ein schwarzer Kater an die verrosteten Mülltonnen heran. Mit einem Satz springt er in das angrenzende Unkraut und hebt angriffslustig seine Tatze mit den ausgefahrenen Krallen. Aber er hat seine Beute verfehlt. Behäbig schleicht er zurück zu den Steinstufen des alten, verrußten Backsteingebäudes, die zur geöffneten Eingangstür führen. Geschmeidig springt er die Eisentreppe hoch in den ersten Stock.

»Hey, Muffin, da steckst du ja!« Maja kramt aus ihrem roten Zauberköfferchen ein kleines Päckchen aus Silberfolie. Vorsichtig wickelt sie es aus und legt es auf den Boden. Wie ein ausgehungertes Raubtier stürzt sich Muffin auf die Forellenstückchen, die Maja beim Mittagessen heimlich eingepackt hat. Schnurrend frisst er die Leckerbissen auf. Maja wirft ihre rote Lockenmähne in den Nacken und verschränkt lachend die Arme über dem schwarzen T-Shirt, auf dem ein riesiger Löwenkopf abgebildet ist. Aus dem Zauberköfferchen nimmt sie ihren pechschwarzen, seidigen Umhang und den Zauberstab. Den Zylinder stellt sie vor sich auf den Tisch.

»Bitte keine Zaubertricks mit Mäusen!«, fleht Julia sie an und verkriecht sich vorsichtshalber in die hinterste Sofaecke.

»Nee!«, antwortet Maja und fährt sich mit der Hand durch ihre roten Wuschelhaare. »Hab ich doch versprochen! Ich lass nur noch kleine rosa Schweinchen aus meinem Zylinder springen.«

Hier, im ersten Stock der Fischfabrik, haben die Kinder der Haifischbande ihren Treff eingerichtet. Und ihr Maskottchen, ein riesiger präparierter Hai, den der alte Seebär Old Krusemann ihnen von einer Reise mitgebracht hat, hängt an Schnüren mitten im Raum.

Specki streicht über die sandpapierraue Haut. »Na, Miez-miez!«, sagt er grinsend zu dem Kater, »das wär ein richtiger Happen für dich gewesen!«
Muffin leckt sich mit der rosa Zunge über sein Schnäuzchen und läuft aus dem Raum, die Treppe hoch in den zweiten Stock. Dort lebt schon seit Jahren Mike Mahlzahn, der verrückte Erfinder. Am liebsten erfindet er neue Spagettisoßen, zu denen er die Kinder als Testschmecker einlädt.
Plötzlich haut Mehmet mit seinen Stöcken aufs Schlagzeug. »Und eins . . . und zwei . . . und drei . . .« Im selben Moment verkriecht sich Mäuschen, seine Ratte, erschrocken unter seinem Schlabber-T-Shirt.
»Da und dort und hier zu Lande, jeder kennt die Haifischbande . . .«, rappt er, als gehe es darum, die Weltmeisterschaft im Volldröhnen zu gewinnen.
»Eines Tages krieg ich noch 'nen Herzschlag!«, jammert Julia, die immer noch in der Sofaecke sitzt und ihre neue karierte Stretchhose glatt zieht.
»Hä?«, fragt Mehmet, der inzwischen die Kopf-

hörer von seinem Kassettenrekorder aufgesetzt hat. »Was ist los? Ich versteh nichts! Die Musik ist so laut!«

Die Sonne wirft helle Strahlen durch die verdreckten Scheiben und Spocky sucht sich an dem rechten, noch schattigen Fenster einen neuen Platz, um den Himmel zu beobachten. Er hat seine Kopfhörer aufgesetzt und den Empfänger mit intergalaktischer Antenne eingestellt. Mit einem Spezialfernglas sucht er den Himmel ab. Er wischt sich seine blonden Haare aus der Stirn und schüttelt seufzend den Kopf. Ob sich heute Außerirdische zeigen werden? Aber nicht der Hauch von einem UFO ist zu entdecken. Nur kleine Sommerwölkchen segeln am knallblauen Himmel und ein paar krächzende Möwen balgen sich in der Luft um ein Stück Fisch.
»Mann, ist das heute langweilig!«, stöhnt Julia und starrt auf die unbewegliche Schwanzflosse von dem grauen Riesenhai. »Vanessa ist bei ihren Großeltern und Old Krusemann kauft in der Stadt neue Farbe für seinen Eisenbahnwaggon. Stinklangweilig!«

Maja fährt mit dem Zeigefinger vorsichtig in das geöffnete Maul des Riesentieres und streicht über die gefährlich spitzen Zähne. Seine toten, eisigen Augen jagen ihr immer noch einen Schauer über den Rücken.

»Was haltet ihr eigentlich davon, wenn wir mal so 'ne Lesenacht veranstalten«, meint sie plötzlich, während sie den Haifischzahn, der an einem Silberkettchen um ihren Hals hängt, mit den Zähnen des Raubfischs vergleicht. Alle Kinder der Haifischbande tragen als Zeichen ihrer Mitgliedschaft so einen Zahn.

»Ätzend! Muss das sein?« Tobias, der grübelnd in einem Sessel hockt und versucht eine lästige Fliege zu fangen, runzelt die Stirn.

»Wenn man die richtigen Bücher dabeihat? Und am richtigen Ort herumschmökert?«, meint Maja. »Dann kann das echt ein Abenteuer werden.«

»Was meinst du denn damit: am richtigen Ort? Vielleicht in der Eisdiele am Markt?«, fragt Spocky und leckt sich die Lippen.

»Quatsch! Nee, da wo es dunkel ist und unheimlich.« Maja legt ihren Zauberumhang um und flattert wie eine Fledermaus durch den

Raum. »Wir könnten uns heute Nacht in die Burgruine schleichen.«
Spocky ist sofort hellauf begeistert. »Genial! Es ist Vollmond. Vielleicht kann ich Kontakt zu ein paar Außerirdischen aufnehmen. Wer kommt mit?«
»Ich hätte schon Lust«, sagt Julia zögernd. »Aber da gibt's doch bestimmt Mäuse.«
Maja zieht die Nase kraus und schwingt den Zauberstab durch die Luft, als wolle sie ein gigantisches Orchester dirigieren. »Simsalabim . . . und schon sind sie weg!« Sie grinst. »Komm, Julia, du Schisshase! Ich nehme meine Mäuse nicht mit. Echt!«
Julia schielt zu den weißen Mäusen mit den roten Knopfaugen rüber, die im Glasterrarium herumspringen. »Also gut«, meint sie und pustet sich eine Haarsträhne aus dem Gesicht. »Wer kommt denn noch mit? Du, Nosy?«
Tobias, seiner Spürnase wegen Nosy genannt, schüttelt energisch den Kopf. »Geht nicht. Ich bin da mit Mehmet und Tine einem heißen Fall auf der Spur . . . Nächstes Mal!«
Specki öffnet gerade die Kühlschranktür. »Wenn wir Chips mitnehmen und Gurken und

Sahneheringe und Schokoriegel, dann komm ich auch mit.«
Maja lacht und zieht das Löwen-T-Shirt über ihre schwarzen Leggings. »O. k. Aber die Fressalien musst du selbst besorgen. Und was brauchen wir noch?«
»Schlafsäcke, Kerzen, Streichhölzer und das Wichtigste: ein Buch. Möglichst gruselig!« Julia läuft es schon bei dem Gedanken eiskalt über den Rücken. Als hätte ihr jemand Eisstückchen in den Pullover gesteckt. Eine feine Gänsehaut überzieht ihren ganzen Körper. Sie schüttelt sich kurz, als könnte sie das Frösteln wie ein lästiges Tuch abwerfen.
»Ich werde mal zu Hause im Bücherschrank nachsehen«, meint Spocky sofort und schaut wieder sehnsüchtig aus dem Fenster. Gruselgeschichten findet er ja schön und gut, aber ein echtes Abenteuer wäre ihm lieber. Wenn sich doch nur mal ein paar Außerirdische zeigen würden! Schon mit einem einzigen wäre er zufrieden.
Er fischt sich aus einer seiner zahlreichen Hosentaschen einen Kaugummi. »Bei meinen Eltern findet sich bestimmt irgendwas. Die ste-

hen doch selbst auf Gruselgeschichten.« Dann nimmt er wieder sein Fernglas und beobachtet ein paar dickbäuchige Wolken, die sich langsam vor die Sonne schieben.

Kurz darauf schlendern Maja und Spocky über den gepflasterten Marktplatz zu dem grün lackierten Kiosk von Marlene. Sie ist gerade damit beschäftigt, Zeitungen zu sortieren und Lakritzschnecken in ein Glas zu füllen. Außerdem sind neue Packungen mit Kaugummi und Fruchtgummi geliefert worden. Sie wischt sich mit der Hand die roten Korkenzieherlocken aus dem Gesicht und streckt genüsslich ihre Stupsnase in die warme Sonne. Ihre Haare glänzen wie blank poliertes Kupfer und die Nase ist von Sommersprossen übersät. Marlenes Vorfahren stammen aus Irland und heute hat sie wieder eine Kassette mit irischer Folkmusik eingelegt, zu der sie vergnügt mitsingt. Sie schaut den beiden entgegen und lässt ihren Blick über die frisch renovierten Fachwerkhäuser streifen, die auf der rechten Seite den Marktplatz begrenzen. Im ersten Stock der

alten Post werden gerade die knallroten Hängegeranien gegossen.

»Tag, Maja. Ach, Mr Spock, wieder in Aktion?«, begrüßt Marlene die beiden und strahlt sie mit ihren wiesengrünen Augen an. »Aha! Heute perfekt ausgestattet mit Kopfhörer und Antenne! Wieder auf der Suche nach Außerirdischen?«

»Klar!« Spocky grinst übers ganze Gesicht. »Und das macht vielleicht Hunger!«

Maja kramt aus ihrem roten Zauberköfferchen das Portmonee heraus und schüttet den gesamten Inhalt auf die Theke. »Wir brauchen unbedingt Schokoriegel, Kaugummis und Lutschbonbons für insgesamt . . . sechs Mark achtundvierzig. Mehr Geld hab ich nicht.«

»Für mich das Gleiche. Allerdings für . . .«, Spocky sucht seine Hosentaschen nach Kleingeld ab, ». . . fünf Mark siebenundachtzig.«

Marlene pustet sich eine widerspenstige Strähne aus dem Gesicht, nimmt das Geld und füllt die Süßigkeiten in eine Papiertüte. Dann legt sie noch zwei Päckchen Brausepulver und Kaubonbons dazu. Maja verdreht genüsslich die Augen.

»Für gute Kundschaft.« Marlene lacht und zwinkert ihnen freundschaftlich zu. »Eine Empfehlung des Hauses.«

»Dafür kriegst du ein Zauberkunststück gratis!« Die angehende Zauberin fischt ein paar bunt schillernde Glasmurmeln aus ihrem Zauberkoffer und will sie hinter ihrer Hand verschwinden lassen. Aber sie klackern eine nach der anderen runter auf die Pflastersteine.

»Mist, verdammt!«, schimpft sie. »Die sind so was von glatt. Das kann ja nicht klappen!«

Spocky zwinkert Marlene zu und nimmt die Papiertüte mit den Süßigkeiten, während Maja ihre Murmeln wieder einsammelt. In der Nachmittagssonne schillern sie wie bunte Regenbogenkristalle.
Marlene hat den Kopf auf die Hände gestützt und schaut rüber zur Sebastianskirche, deren bleiverglaste Fenster das gleißende Sonnenlicht auf den Marktplatz widerspiegeln. Es sieht aus, als hätten sich dort riesige Lichtpfützen gebildet.
Maja und Spocky winken ihr noch einmal zu. Dann schlendern sie rüber zum Schwanenbrunnen. Die steinernen Marmorschwäne sitzen unbeweglich auf ihrem Sockel und spucken aus ihren weißen Schnäbeln kristallklares Wasser.
»Und wenn Skylla heute Nacht kommt?«, meint Maja nachdenklich, während sie ihre Hand in das kühle, prickelnde Wasser hält. »Es ist doch Vollmond.«
»Kurz vor Mitternacht flitzen wir eben hierher und gucken, ob sie endlich wieder einen Auftrag für uns hat«, antwortet Spocky und setzt sich auf den Brunnenrand. Noch drei Wochen

Sommerferien! Das ist doch die schönste Zeit des Jahres. Ausgelassen spritzt er Maja eine Ladung Wasser ins Gesicht. Und schon ist sein eigenes Gesicht klitschnass. Maja saust vom Brunnen rüber zum Eiscafé und hält sich den Bauch vor Lachen.

In diesem Moment zieht ein köstlicher Duft von warmem Kakao in ihre Nasen. Mit langen Gesichtern schauen sie ein paar Kindern zu, die draußen an den Tischen mit den großen blauen Sonnenschirmen sitzen und Kakao schlürfen. Achselzuckend schauen sich die beiden an. Ihr Geld haben sie ja gerade bis auf den letzten Pfennig bei Marlene verjubelt.

»Und wann treffen wir uns heute Abend?«, fragt Spocky und wischt sich die nassen Haare aus dem Gesicht. »Um zehn Uhr?«

»Einverstanden«, stimmt Maja zu und hüpft aufgeregt von einem Fuß auf den anderen. »An der alten Eiche, wo der Weg zur Burg hochgeht.« Vorsichtig dreht sie sich um, ob auch niemand ihr Gespräch belauscht.

Ihr Freund schüttelt erwartungsvoll die Papiertüte mit den Süßigkeiten. »O. k. Ich sag

Julia und Specki Bescheid, dass wir uns kurz nach zehn an der Burgruine treffen. Ich freue mich vielleicht! Das wird bestimmt eine richtig gemütliche Grusel-Lesenacht!«

Das seltsame Wappen

Maja öffnet leise die quietschende Schranktür, holt den Schlafsack heraus und legt ihn vorsichtig neben den roten Zauberkoffer, der schon längst griffbereit vor dem Fenster steht.

Gerade zieht sie den Rollkragenpullover mit den lila Fransen über das Löwen-T-Shirt, als ihre Mutter vorsichtig die Klinke ihrer Zimmertür herunterdrückt. Mit einem Satz ist das Mädchen im Bett und zieht sich die Decke über den Kopf.

»Maja? Du hast ja schon das Licht ausgeknipst!«, flüstert Frau Sommer.

»Ich bin schrecklich müde. Gute Nacht.« Maja gähnt lauthals.

»Willst du nicht das Fenster öffnen? Hier ist so stickige Luft.«
»Nee, bloß nicht«, wehrt Maja ab. »Dann könnte doch ein Dieb einsteigen. Oder Ratten könnten ins Zimmer springen. Es ist ja gekippt.«
Majas Herz klopft zum Zerspringen. Hoffentlich entdeckt ihre Mutter nicht den Schlafsack und den gepackten Zauberkoffer.
»Vielleicht ist es doch nicht so gut, dass du ein Zimmer im Erdgeschoss hast. Na, egal. Dann schlaf mal schön!« Vorsichtig schließt ihre Mutter die Zimmertür.
Maja wartet noch ein paar Sekunden, dann springt sie wieder aus dem Bett. Aufgeregt schaut sie auf die grünlichen Leuchtziffern ihrer Armbanduhr: fünf vor halb zehn. Noch zwanzig Minuten, dann geht es los. Sie schaut aus dem Fenster in die dunkle Nacht.
Wie groß der Vollmond heute am Himmel steht, denkt sie. Er strahlt so hell, als wäre er selbst ein glühender Feuerball.
Plötzlich sind leise knirschende Schritte im Kies zu hören. Steinchen klicken gegen das Fenster. Es klingt, als würden kleine Hagelkörner vom Himmel prasseln. Maja fährt sich

nervös mit der Hand durch ihr rostrotes Strubbelhaar. Aufgeregt schaut sie in den Vorgarten, der vom Licht des Vollmondes wie von einer riesigen Lampe angestrahlt wird. Die Bäume werfen dunkle, unheimliche Schatten ins Gras. Sie sehen aus wie gierige Hände, die sich von Minute zu Minute mit ihren verkrüppelten Fingern weiter vortasten. Langsam öffnet sie das Fenster. Am Himmel erlischt gerade eine Sternschnuppe. Warme Sommerluft schlägt ihr entgegen. Sie schnuppert. Mit einem Mal riecht es nach vergilbtem Papier und altem Staub. Vor ihr schiebt sich langsam eine silbern glänzende Antenne hoch, dann folgen blonde Haare und blitzende blaue Augen, die sie verschmitzt anstrahlen. Es ist Spocky.

»Was machst du denn hier?«, flüstert sie ihm zu und legt gleich den Finger auf den Mund. »Wir wollten uns doch bei der alten Eiche treffen.«

Er legt ein altes, in Leder gebundenes Buch aufs Fensterbrett. »Ich weiß. Aber das habe ich im Bücherschrank meiner Eltern gefunden. Ein altes Buch über die Geschichte der

Burgruine und den Schlossherrn Graf Güldenberg. Bevor die anderen beiden kommen, können wir doch schon mal ein bisschen schmökern!«

Maja ist sofort einverstanden. Sie lauscht noch einmal an der Tür. Bei ihren Eltern ist gerade die Schlafzimmertür ins Schloss gefallen. Leise schnappt sie sich den Schlafsack und das rote Zauberköfferchen.

»Na, was ist?«, flüstert er ihr zu. »Hast du die Kerzen?«

»Logo«, antwortet Maja. »Ich habe auch noch Cola und Apfelsinen eingepackt. Zum Wachbleiben.«

Geschickt klettert sie auf den Fenstersims und springt geschmeidig ins weiche Gras. Auf dem Nachbargrundstück miaut eine Katze kläglich auf, während im gegenüberliegenden Haus ein Licht gelöscht wird. Das Fenster sieht plötzlich aus wie ein dunkles Auge, das sie heimlich beobachtet.

»Und Streichhölzer?«, fragt Spocky.

»Für wie doof hältst du mich eigentlich! Natürlich habe ich die eingepackt.« Maja schüttelt ihren Lockenkopf. Leise schleichen sie über den Kies auf die Straße.

Eine Viertelstunde später stehen sie vor der alten Burgruine, die tiefschwarz vor ihnen aufragt. Der Vollmond wirft kaltes Licht über die zerbröckelten Mauern, die mit Efeu überwuchert sind. Die Überreste eines alten Turms recken sich hoch wie ein warnender Finger. Schatten strecken sich über die alten,

knorrigen Bäume und verwilderten Sträucher. Die Luft schmeckt nach vermoderter Erde und überreifen, fauligen Waldbeeren.
Maja schaut in den wolkenlosen Himmel und versucht ihr Sternbild, den Löwen, aus den glitzernden Sternen herauszufinden. Dabei fasst sie unter den Pullover, streicht über ihr Löwen-T-Shirt und schüttelt die Haare, als könnte sie so ihre Mähne bändigen. Schön sieht das aus da oben, denkt sie. Als hätte ein Riese Kristalle ins Weltall geworfen.
»Wir müssen uns nur eine Ausrede einfallen lassen, wenn wir kurz vor Mitternacht zum Schwanenbrunnen düsen«, flüstert Maja Spocky zu.
»Die haben doch alle den Eid abgelegt, nichts von Skylla weiterzuquatschen«, meint Spocky. »Die beiden können das ruhig wissen!« Er zieht die Antenne seiner intergalaktischen Kopfhörer auf Empfang. Vielleicht kann er ja diese Nacht eine Nachricht von Außerirdischen empfangen.
Plötzlich fliegt ein großer Vogel auf, als hätte ihn irgendetwas vertrieben. Sein Flügelschlag klingt, als würde man alte Lappen ausschla-

gen. Dann ist ein feines Knacken von Zweigen zu hören. Da ist jemand! Erschrocken dreht Maja sich um. Spocky lauscht in seine Kopfhörer und legt den Finger auf den Mund. Zwei dunkle Gestalten huschen auf dem alten Trampelpfand an den knorrigen Bäumen vorbei direkt zur Burg. Sofort drücken sie sich eng an die finstere Mauer. Zwischen den Farnen, die wie ein schwarzgrünes Meer den Waldboden bedecken, blinken rote Lichter auf. Es sieht aus, als würden glühende Steine über den Weg wandern.
»Mensch, Julia!«, ruft Maja erleichtert. »Musst du dich wie ein Indianer anschleichen?«
»Wir wollten euch doch erschrecken.« Specki grinst. »Deshalb sind wir eher gekommen.«
»Und woran hast du mich erkannt?«, fragt Julia und zupft sich eine Klette aus dem Haar.
»An deinen Turnschuhen mit den blinkenden Absätzen, du Nase!« Maja schwört innerlich Rache.
Das Mondlicht ist so hell, dass sie keinerlei Probleme haben, den Weg zum Burgeingang zu finden, obwohl er mit Gestrüpp und Pflanzen wild überwuchert ist.

Plötzlich huscht eine Ratte vor ihren Füßen über das raschelnde Laub. Julia schluckt und hält sich an dem kalten Mauerwerk fest, das mit Moos überwachsen ist. Vielleicht wäre es ja doch besser gewesen, zu Hause zu bleiben! Aber jetzt ist es zu spät.

»Wie weit ist es denn noch?«, jammert Specki und schnappt erschöpft nach Luft. »Mein Rucksack ist so schwer!«

»Du kannst ja ’ne Picknickpause einlegen«, schlägt Spocky vor. »Danach ist er fünf Pfund leichter.«

»Hahaha!« Specki nimmt den Haifischzahn, der an einem Lederband um seinen Hals baumelt, fest in die Hand.

Plötzlich sehen sie ein großes Schild, das an der Burgmauer direkt neben dem Eingang angebracht ist: *Betreten verboten.*

Maja schaut Spocky fragend an. »Hast du hier irgendein Schild gesehen?«

»Nicht die Spur! Und ihr?« Mit unschuldigem Blick sieht er Specki und Julia an. Beide schütteln den Kopf. Leise schleichen sie durch ein steinernes Tor in eine große Halle, von der nur noch die Grundmauern stehen.

Es riecht nach Hahnenklee und wildem Thymian. Über den eingefallenen Mauern wuchert Gestrüpp. Auf der gegenüberliegenden Seite geht es drei Steinstufen hinab zu einer robusten Holztür, die in den hinteren Teil der Burg führt.
»Verschlossen«, stellt Julia fest, als sie die eiserne Klinke herunterdrückt.
»Nicht mehr lange!« Maja öffnet ihr rotes Zauberköfferchen und holt einen Dietrich heraus. Sie steckt den Schlüssel ins Schloss und dreht ihn vorsichtig, bis sie Widerstand spürt. Mit aller Kraft stemmt sie sich dagegen und tatsächlich gibt das Schloss nach.
Vorsichtig öffnen die Kinder die quietschende Holztür und gelangen in den einzigen Raum der Burgruine, der noch erhalten ist.
Sie brauchen einen Moment, um ihre Augen an die Dunkelheit zu gewöhnen. Auf der linken Seite sind zwei hohe Fenster zu sehen, durch die ein Hauch von Licht fällt. Es sieht aus wie flirrender Nebelstaub.
Auf der rechten Seite entdecken die Kinder einen alten, grob gemauerten Kamin mit einem steinernen Vorsprung. Wahrscheinlich hat

seit Jahrhunderten kein Feuer mehr darin geprasselt. Trotzdem liegen schwarz verkohlte Äste darin.
»Moment, ich hol nur schnell meine Taschenlampe«, murmelt Spocky und durchsucht seine Hosentaschen.
»Zünd lieber Kerzen an, das ist doch viel gemütlicher!« Julia drängt sich eng an Specki, während sie den Boden mit ihren Blicken nach huschenden Mäusen absucht.
Maja öffnet ihr rotes Zauberköfferchen und holt ein paar Kerzen heraus. Spocky zündet eine an und lässt das heiße Wachs auf den Kaminvorsprung tropfen. Schließlich flackern fünf dicke weiße Kerzen und werfen unheimliche Schatten an die grob gemauerten Wände. Plötzlich schreit ein Käuzchen schrill auf und Julia zuckt zusammen. Langsam schiebt sich das Licht des Vollmonds durch das linke, mit Efeu bewachsene Fenster.
»Los, jetzt machen wir es uns gemütlich!« Spocky streckt sich und breitet seinen Schlafsack in der Nähe des Kamins auf den unebenen Steinfliesen aus, mit denen der ganze Raum gepflastert ist. Specki reißt eine Tüte mit

Chips auf und schiebt eine Hand voll in den Mund, während Julia in ihren Schlafsack schlüpft und sich mit dem Rücken an die kalte Mauer setzt.

»Nun mal los mit der Lesenacht!«, fordert Julia ungeduldig. »Hast du eine gute Gruselstory mitgebracht, Spocky?«

»Na klar!« Spocky packt das dicke Buch aus und klappt es vorsichtig auf. Goldene Lettern, die kunstvoll mit Blumen und Ranken ummalt sind, glänzen ihm unwirklich entgegen. Es ist, als würde ein unheimliches Licht aus den Buchstaben herausstrahlen. Ein strenger Geruch nach Kupfermünzen steigt auf und verbreitet grünlichen Nebel im Raum. Genau in diesem Moment fangen die Kerzen an zu flackern, als hätte jemand heftig dagegengepustet, und wilde Schatten wirbeln an den Wänden.

Maja spürt einen eiskalten Hauch im Nacken. Innerhalb von einer Sekunde hat sich die Luft um mehrere Grade abgekühlt. Ist da jemand im Raum? Die Kinder schauen sich erschrocken um, aber nichts ist zu sehen.

»Das war sicherlich nur ein Windstoß«, meint

Spocky scheinbar gelassen und klappt das Buch schnell wieder zu. Mit flüsternder Stimme erzählt er den anderen, was er und Maja schon gelesen haben.

»Der Schlossherr Graf Güldenberg war bekannt für seinen unsäglichen Geiz und seine maßlose Habgier. Selbst in Hungerjahren ließ er bettelnde Kinder auspeitschen und von der Burg vertreiben. Außerdem war er besessen von dem Gedanken, jemand könnte ihm seine Juwelen und Dukaten stehlen. Deshalb ließ er unter der Burg ein weit verzweigtes Netz von Geheimgängen und Fallen bauen, um seinen Schatz vor Dieben zu verstecken. Nach seinem Tode wurde er vom Geisterrat dazu verurteilt, mit seiner Gemahlin in diesem unterirdischen Verlies bei seinen Schätzen zu leben. Seine Seele hatte sich so sehr an irdische Güter, an Juwelen und Kostbarkeiten, geklammert, dass sie auch nach dem Tode nicht davon loskam. Deshalb konnte sie nicht erlöst werden.«

»Steht denn in dem Buch auch, wo sich diese Geheimgänge befinden?«, fragt Specki, während ihm ein wohliger Gruselschauer über den Rücken läuft.

»Ja, Moment mal!« Spocky öffnet das Buch wieder und erneut beginnen die Kerzenflammen so stark zu flackern, als wollten sie im nächsten Moment erlöschen.

»Über dem Geheimgang in dieses Furcht erregende Verlies ist ein steinernes Wappen angebracht«, liest er langsam vor, während die Buchstaben zu glühen beginnen, als wollten sie das Papier verbrennen. »Darauf ist ein stolzer Löwe mit hoch erhobener Pranke eingemeißelt. Wenn man dieses Wappen in die rech-

te Richtung dreht, öffnet sich die Tür, die ins Verderben führt.«
In diesem Moment fegt ein eiskalter Wind durch den Raum und bringt die Kerzen zum Erlöschen. Julia schreit auf und klammert sich an Spocky.
Das Licht des Vollmondes war durch das efeubewachsene Fenster inzwischen weitergewandert, als wollte es unmerklich die Wände abtasten. Und plötzlich ist an der Wand zwischen dem Fenster und Kamin die zwanzig Zentimeter lange Kante eines steinernen Vorsprungs zu sehen. Was ist das für ein Vorsprung?, schießt es Spocky durch den Kopf. Sollte das etwa . . .
Wie hypnotisiert gehen die Kinder auf diese Steinkante zu.
Spocky zieht seine Taschenlampe aus der Hosentasche und knipst sie an. Im Lichtstrahl erkennen sie ein steinernes Viereck. Darauf ist mit erhobener Pranke ein Steinlöwe eingemeißelt, mit lockiger Mähne und gefährlich gefletschten Zähnen.
»Das Wappen!«, flüstert Specki.
Maja stutzt und starrt auf die Wand. »Der Lö-

we sieht ja aus wie der Steinlöwe von der Zoobrücke.«
»Genau!« Spocky nickt. »Die hat Graf Güldenberg dort aufstellen lassen, um Diebe zu warnen und abzuschrecken.«
Die Kinder starren immer noch auf das Wappen, das hoch oben an der Wand angebracht ist. Jeder hat den gleichen Gedanken. Ob es sich drehen lässt? Wird es einen Geheimgang freigeben? Spocky zündet die Kerzen wieder an, während die Kinder leise gegen die Steinwand klopfen und sie nach Hohlräumen absuchen. Aber nicht der kleinste Ritz ist zu entdecken. Nirgendwo weist eine Unebenheit auf eine versteckte Geheimtür hin.
»Los!«, sagt Spocky zu Maja. »Stell dich auf meine Hände. Wir machen die Räuberleiter!«
Maja stellt sich mit einem Fuß in Spockys zusammengefaltete Hände und zieht sich an den breiten Steinfugen der Wand hoch. Der Vollmond strahlt inzwischen genau auf das gräfliche Wappen. Maja wischt ein paar dichte Spinnweben weg, greift nach dem Stein und dreht ihn so fest sie kann.
»Er bewegt sich nicht«, stöhnt sie.

»Los! Versuch's noch mal«, antwortet Spocky ungeduldig. »Und beeil dich. Du bist auch kein Fliegengewicht mehr.«
Maja schwankt ein wenig, als sie wieder mit beiden Händen das Wappen fasst. Sie presst entschlossen die Lippen zusammen und dreht den Stein mit aller Kraft. Und plötzlich ist ein Knirschen zu hören, als würden zwei Mühlsteine aneinander gerieben. Wie von unsichtbarer Hand schiebt sich eine Steintür beiseite und vor ihnen gähnt ein schwarzes Loch.
»Der Geheimgang!«, flüstert Maja überwältigt.
Ein modriger Staubgeruch von hunderten von Jahren breitet sich aus.
Maja springt von Spockys Händen auf die Erde, schnappt sich ihr Zauberköfferchen und eine der Kerzen von dem Kaminsims – und schon ist sie in dem dunklen Loch verschwunden. Es sieht aus, als wäre sie in das geöffnete Riesenmaul eines Ungeheuers gehuscht.
»Los, Spocky! Worauf wartest du noch!«, ruft sie ihm ungeduldig zu.
Spocky schlüpft ebenfalls durch die Tür und

folgt dem kleinen Flackerlicht, das Maja in der Hand hält.
Gerade in dem Moment, als Julia und Specki ihnen zögernd folgen wollen, schlägt die Steintür mit einem dumpfen Schlag wieder zu.
Maja und Spocky sind gefangen.

Gefangen im Verlies

Maja und Spocky schauen sich entsetzt an und leuchten mit der Kerze auf die vor ihnen liegende Steintreppe. Sie führt steil nach unten, bis sie von der Dunkelheit verschluckt wird.
Plötzlich wirbelt ein eiskalter Wind durch den Höhlengang. Die Kerze in Majas Hand flackert kurz auf und erlischt.
»Mist, verdammt!«, flüstert sie wütend. »Hast du deine Taschenlampe dabei? Ich hab meine vergessen.«
Langsam tastet sie sich an der schmierigen Mauer entlang. Die Wand fühlt sich an, als hätte jemand Lehm auf die Steinbrocken geschmiert. In diesem Moment flackert Spockys Taschenlampe auf.

»Vorsicht«, warnt er. »Hier fangen die Stufen an.«

»Na, endlich brennt das Ding! Wetten, dass du dich in deinen tausend Taschen irgendwann mal verläufst?« Maja grinst erleichtert. »Wollen wir weiter?«

»Na logo!«, meint Spocky. »Jetzt fängt's doch erst richtig an!«

Vorsichtig tasten sie sich die unebenen, schmierigen Steinstufen hinab. Das Licht der Taschenlampe wandert über die grobe Felsdecke. Kleine Wassertröpfchen sammeln sich an den Steinspitzen, bis sie auf den Boden platschen.

Alles ist still. Nur das leise Zerplatzen der Tropfen ist zu hören. Es klingt wie das Zerspringen von winzigen Harfentönen.
Plötzlich hält Maja den Freund am Arm fest und zeigt mit dem Finger in die Tiefe. »Sieh doch mal! Ist da nicht ein blasser Lichtschein?«, flüstert sie aufgeregt.
Spocky nickt und knipst schnell die Taschenlampe aus.
Ein seltsames, blassgrünlich schimmerndes Licht ist von unten zu sehen, das in ständiger Bewegung zu sein scheint. Als würden die Strahlen wie flackernde Arme unruhig nach irgendetwas suchen. Plötzlich liegt ein fernes, dunkles Grollen in der Luft.
»Los, weiter!«, drängt Spocky und schiebt Maja vorsichtig vor sich her.
Aber einer von diesen blassgrünen Armen scheint sie entdeckt zu haben. Ein lichter Wirbel durchzieht das Treppengewölbe, ein brummendes Dröhnen ist zu hören und ein eisiger Wind fährt ihnen durchs Gesicht.
Maja presst die Hand an den Mund, Spocky umklammert seinen Haifischzahn, den er an einem ledernen Bändchen am Armgelenk

trägt. Ein unheimliches Stöhnen zerreißt die Luft – und da steht er vor ihnen: Graf Güldenberg, ein grässliches Gespenst aus flaschengrün schimmerndem Licht und mit rot unterlaufenen Augen. Grinsend starrt er sie an. Sein knochiges Gesicht scheint von einer Luftballonhaut überzogen zu sein. Langsam öffnet er seine dünnen, bleichen Lippen und bleckt die gelblichen Zähne, als wollte er heißhungrig in etwas hineinbeißen. Echsenhafte Hautfalten hängen über seiner goldbestickten Tunika, als hätte er über Jahrhunderte gehungert. Mit seinen langen, dürren Fingern greift er nach den Kindern.

Maja erstarrt. Eiskalt läuft es ihr den Rücken runter. Spocky legt zitternd den Arm um sie und zieht sie eng an sich.

»Ich ... habe ... schon ... lange ... gewartet!«, sagt der Graf mit knarzender Stimme. Ein fauliger Atem schlägt den Kindern entgegen. Die Worte klingen, als hätte er sie jeweils mit viel zu viel Luft ausgehaucht, sperrig, als kämen sie durch lange, rostige Eisenrohre aus einer anderen Welt.

Maja spürt auf einmal eine seltsame Kraft, die

ihre Energie aufsaugen will. Als würde ein unsichtbarer Strom aus ihr herausfließen. Mit dem Handrücken wischt sie sich kleine Schweißperlen von der Stirn. Spocky taumelt ein wenig. Er fasst an die Steinwand, um sich festzuhalten.

Im selben Moment beginnt der Graf zu wachsen. Seine ausgedörrte Pergamenthaut wölbt sich, als hätte er eine Fettschicht angesetzt. Das verwässerte Grün wird kräftiger und

strahlt in einem giftigeren Licht, das den Kindern fast den Atem verschlägt. Mit einem Mal brennen seine roten Augen, als hätte man in ihnen ein flackerndes Feuer angezündet. In diesem Augenblick ist ein schrilles Kichern zu hören, das in den unterirdischen Gängen tausendfach widerhallt. Und schon steht ein zweiter Geist vor ihnen, mit verzerrtem Gesicht, in triefendem Türkis, als würde das Wesen nicht mehr zusammengehalten und bald zerfallen. Die spindeldürren Arme recken sich nach den Kindern, während die weit aufgerissenen Albinoaugen versuchen mit ihrem Blick in sie einzudringen. Der klatschmohnrote Mund öffnet sich wie das Maul eines gefräßigen Ungeheuers. Auf dem zerwuselten Spinnwebenhaar glänzt ein goldenes Diadem mit einem rot flackernden Rubin. Die Gräfin Güldenberg!

Maja klammert sich noch fester an Spocky, als die beiden Gespenster versuchen die Kinder mit ihren langen Armen und krallenhaften Fingernägeln die Treppe runterzutreiben.

»Meine . . . süßen . . . Kleinen . . .«, hechelt das verwaschene Gespenst der Gräfin ihnen knarzend zu. Ihr langes Kleid schwebt lautlos über

die Steinstufen, während türkis, tassengroße Tropfen hinter ihr herwabern.
Maja schließt die Augen und möchte am liebsten laut aufschreien. Sie spürt das seltsame Zittern in Spockys Körper. Auch die Gestalt der Gräfin scheint plötzlich zu wachsen. Das Türkis beginnt kräftiger zu strahlen und ihre dünnen Ärmchen werden von Sekunde zu Sekunde stärker und muskulöser.
Die beiden Kinder fühlen sich immer mehr geschwächt, es ist, als würde alle Lebensenergie aus ihnen herausgesaugt. Spocky versucht seine Gedanken zu ordnen, die wie irre in seinem Kopf herumtanzen. Irgendeine Lösung muss es doch geben!
Wenn das wirklich dieser verfluchte Graf Güldenberg ist, dann muss man ihn an seiner verletzlichsten Stelle packen, denkt er. Und das ist sein Geiz, seine Habgier nach Gold.
Spocky schluckt noch einmal, holt tief Luft und hält seine Hände wie ein Sprachrohr vor den Mund. »Hast du den Schatz, Antonia?«, ruft er hinunter ins Gewölbe.
Die Gespenster zucken zusammen. Ein panisches Zittern durchzieht die beiden und der

Graf schreit auf, als wollte man ihm das Leben nehmen. Wie glühende Wirbel verschwinden Graf und Gräfin tief unten in der Dunkelheit der Gänge.
»Los, nichts wie weg!« Und schon hastet Spocky die Stufen hoch.
Aber Maja bleibt zurück. »Mein Zauberköfferchen. Ich finde es nicht!«, ruft sie verzweifelt.
»Beeil dich!«, fleht Spocky sie an.
In diesem Moment öffnet sich am oberen Treppenabsatz knirschend die Geheimtür. Flirrendes Mondlicht erhellt den Gang. Julia und Specki stecken vorsichtig die Köpfe durch die Tür. Spocky schiebt die beiden zur Seite und springt mit einem Satz durch die Öffnung.
»Wo bleibst du denn?«, ruft er und leuchtet Maja mit der Taschenlampe entgegen.
»Ich hab's. Bin schon unterwegs«, hört er sie rufen.
Aber in diesem Moment schiebt sich die schwere Steintür wieder mit einem dumpfen Schlag vor die Öffnung.

»Das Wappen! Wir müssen das Wappen drehen!«, ruft Spocky.

»Was ist denn passiert?«, fragt Julia erschrocken, als sie sein bleiches Gesicht sieht.
»Widerliche Gespenster! Wir müssen Maja retten. Los, das Wappen!«
Julia steigt in Spockys zusammengefaltete Hände und zieht sich die Steinwand hoch. Mit aller Kraft greift sie nach den Kanten von dem Löwenwappen. »Es bewegt sich nicht!«, stöhnt sie.
»Los! Noch mal! Streng dich an!« Spocky ist fast außer sich vor Angst.
Julia umklammert das Steinviereck, drückt und schiebt, bis ihre Fingerkuppen blutig aufgeschürft sind. Aber das Wappen ist wie eingemauert. Es lässt sich keinen Millimeter mehr bewegen.
Was nun? Spocky schließt die Augen, weil ihn das Licht des Vollmonds genau in diesem Moment blendet.
»Skylla!«, ruft er plötzlich. »Die einzige Chance, die wir noch haben. Skylla muss uns helfen!«
Die anderen sehen ihn erstaunt an. Skylla? Etwa dieser Poltergeist, von dem Maja immer erzählt? Den sie noch nie zu Gesicht bekom-

men haben? Diese phantastische Erscheinung, an die sie nie so recht geglaubt hatten? Gemeinsam hatte die Haifischbande den Schwur abgelegt, niemandem auch nur ein Sterbenswörtchen über sie zu erzählen. Und die soll Maja helfen können?

Aber Spocky ist schon raus aus der Burg und auf dem Weg zum Schwanenbrunnen. Der Puls pocht ihm in den Ohren, als würde sein Kopf in der nächsten Minute zerplatzen. Das Seitenstechen nimmt ihm fast die Luft zum Atmen. Jeder Schritt fällt ihm schwer, aber er darf keine Zeit verlieren. Maja!, denkt er nur. Ich muss Maja retten. Skylla erscheint nur um Mitternacht. Und bis dahin sind es bloß noch ein paar Minuten.
Spocky hält sich mit dem Arm seine schmerzende Seite und läuft weiter. Und schon hallt der erste dumpfe Schlag der Glocken der Sebastianskirche durch die Nacht. Spocky zählt die einzelnen Schläge mit, als er an dem grün lackierten Kiosk von Marlene vorbeihastet. Vier . . . fünf . . . sechs . . .
Plötzlich stockt ihm der Atem. Da drüben! Ist

das nicht der Stinker in seinem alten Jogginganzug, der am Schwanenbrunnen steht und eine Zigarette raucht? Was macht der denn hier mitten in der Nacht? Wartet er wieder mal auf irgendwelche Falschparker, die er anzeigen kann? Das Ende der Zigarette glimmt jedes Mal rot auf, wenn der Stinker den Qualm genüsslich einzieht.

Acht . . . neun . . ., zählt Spocky. Der Typ muss verschwinden, aber wie? In seiner Verzweiflung schnappt er seine Infrarotkamera, läuft auf den Stinker zu und ruft mit verstellter Stimme: »Ein Foto, der Herr? Wunderschöne Nachtfotos. Nur zehn Mark das Stück!«, während er seine Kamera ein paar Mal aufblitzen lässt.

Stinker zuckt zusammen, zeigt Spocky den Vogel, schmeißt die Zigarettenkippe in den Schwanenbrunnen und macht, dass er wegkommt.

Elf . . . und . . . zwölf! Geschafft! Spocky schnappt erschöpft nach Luft.

Und schon liegt das seltsame Sirren in der Luft, als wäre der Marktplatz voll von Kolibris, die mit ihren feinen Flügeln flattern. Spocky atmet erleichtert auf und wischt sich den

Schweiß von der Stirn. Jetzt kann nichts mehr passieren. Das ist das untrügliche Zeichen. Skylla ist unterwegs.
Ein leichter Nebel schwebt über dem Schwanenbrunnen, angefüllt von Millionen und Abermillionen winziger Glitzerpünktchen, die sich immer mehr verdichten, während die steinernen Schwäne auf dem Marmorsockel monoton ihr Wasser spucken. Zwei Kristallgläser schweben lautlos durch die Luft und lassen Brunnenwasser in ihren Kelch fließen. Ein zarter Pfefferminzduft liegt in der Luft. Die gefüllten Gläser schweben lautlos zurück zu Spocky. Er nimmt hastig eins und trinkt. Wieder spürt er dieses angenehme Prickeln auf der Zunge. Und wieder hat er das Gefühl, als würden tausende von Brausepulverkörnchen in seinem Körper zerplatzen. Eine warme Brise umfängt ihn und ein wohliges Gefühl breitet sich in seinem Körper aus. Der Nebel zieht sich über dem Brunnen zu einem wolkenähnlichen Gebilde zusammen, das mehr und mehr Gestalt annimmt. Schon sind Umrisse zu erkennen.
»Skylla!«, drängt Spocky verzweifelt. »Beeil dich!«

Immer deutlicher formt sich ein Nebelkörper. Wie von unsichtbarer Hand wird ein Gesicht gestaltet, mit grinsenden Lippen, leicht vorstehenden Zähnen, frechen Kulleraugen und einer kleinen Stupsnase. Die schwarzen Haare sehen aus wie ein ausgefranster Mopp. Hoch oben am Kopf sind sie mit knallroten Bändern zu zwei Pferdeschwänzen zusammengebunden. Die dunklen Sommersprossen hüpfen vor Freude auf der Stupsnase hin und her.

»Wieder da«, kräht der kleine Poltergeist und stürzt sich ausgelassen auf Spocky. Sie umarmt ihn stürmisch mit ihren dünnen Ärmchen und gibt ihm einen fetten Kuss. Ihr bleiches Gesicht beginnt zu strahlen, als hätte sie eine Glühbirne verschluckt.

Die knochigen Arme zupfen ihr weißes Schlabberkleid zurecht, während sie in der Luft ein paar Saltos schlägt.

»Hübsch, was? Hab für euch extra das neueste Modell angezogen.« Sie kichert und hüpft wie ein Springball in der Luft hin und her. Ihre großen Kulleraugen drehen sich im Kreis, als wollten sie einem Karussell Konkurrenz machen. Sie wirbelt so wild herum, dass sich ihre Pferdeschwänze zu Schlingen verknoten und wieder entwirren.

»Skylla!«, unterbricht Spocky sie ungeduldig. »Wir müssen sofort . . .«

»Wo ist Maja?«, kräht sie übermütig und saust durch die Steinschwäne auf die andere Seite des Brunnens. »Maaaaaja! Huhu! Wo hast du dich versteckt?«
»Skylla!«, schreit Spocky verzweifelt. »Maja ist im Verlies der Burg gefangen!«
»Aaaaach!«, zischt Skylla und sackt in sich zusammen, als hätte man aus ihr die Luft herausgelassen. Nachdenklich kratzt sie sich mit ihren langen, rot lackierten Fingernägeln am Hinterkopf. »Oh, oh! Hypergroßer Mist. Der Gespensterrat hat Skylla den Auftrag gegeben, Graf Güldenberg und seine Gräfin zu besiegen. Weil sie zu gefährlich werden! Aber dass Maja bei denen gefangen ist . . .« Eine schimmernde Träne schwebt aus ihrem Auge und zerplatzt wie eine Seifenblase in der Luft. »Oh, oh! Total hypergroßer Mist!«
Sie reibt sich so fest über die Stirn, dass es quietscht wie nach einer Vollbremsung. Die Stirn in Falten gelegt, witscht sie rüber zum Schwanenbrunnen, legt sich auf den Rücken unter die spuckenden Marmorschwäne und lässt das Kristallwasser durch sich durchlaufen. Dabei schließt sie die Augen und grübelt

so angestrengt, dass kleine Dampfwölkchen aus ihrem Kopf aufsteigen.
»Alles klar!«, strahlt sie Spocky plötzlich an. »Dann nichts wie hin! Wir . . .«
»Moment mal«, unterbricht Spocky ungeduldig. »Maja hat doch nichts von dem Mitternachtswasser getrunken. Wie soll sie dich denn sehen?«
»Kein Problem!« Skylla starrt auf einen Punkt in der Luft. Genau dort bildet sich ein feiner Nebel, der sich zu einem kleinen Teetässchen zusammenzieht.
»Lass den Blödsinn!«, schimpft Spocky. »Wir brauchen ein Gefäß zum Verschließen!«
Und wieder konzentriert sich der kleine Poltergeist und diesmal materialisiert er eine knallrote Wärmflasche.
»Entschuldige«, meint Skylla verwirrt. Sie reißt sich ein paar Haare aus und setzt sie an einer anderen Stelle wieder ein. »Skylla hat sich vertan. Noch mal!«
Und diesmal klappt's. Spocky füllt das Mitternachtswasser aus dem Kristallglas in eine kleine, verschließbare Flasche, die er an seinen Gürtel hängt, und schon läuft er los.

Skylla düst senkrecht hoch, als hätte man eine Rakete abgeschossen. »Schneller!«, feuert sie Spocky an, als sie innerhalb von einer Sekunde wie nach der Fahrt mit einem Blitzaufzug wieder bei ihm ist. »In Richtung Burg. Maja braucht unsere Hilfe!«

Majas Zauberkugeln

Als Spocky atemlos an der alten knorrigen Eiche ankommt, hängt Skylla wie eine überreife Frucht im Baum.

»Pass auf!«, flüstert sie ihm verschwörerisch zu. »Skylla weiß alles!«

»Und das wäre?«, fragt Spocky ungeduldig, während er nach Luft schnappt.

»Die Geister von Graf Güldenberg und seiner Frau, das sind ganz üble Typen. Es gibt eben gute Geister und schlechte Geister.« Dabei hebt sie warnend den knochigen Zeigefinger. »Und das sind ganz Schlimme. Nämlich Pykaton-Geister.«

»Pykaton? Was soll das jetzt! Wir müssen zu Maja!«

Spocky ist so verzweifelt, dass ihm Tränen in die Augen schießen.
»Skylla will erklären. Pykaton-Geister leben von Angst.« Das Geistermädchen schwebt langsam kopfüber nach unten und schaut ihrem Freund verkehrt herum in die Augen.
»Von Angst?«, fragt er und schluckt ein paar Mal.
Skylla dreht sich wieder richtig herum. »Ja«, flüstert sie ihm eindringlich ins Ohr. »Du hast Angst und Pykaton-Geister fressen deine Angst auf und werden stark und fett davon. Das ist so was für die wie Schnitzel mit Pommes für dich.« Dabei nickt sie so heftig, dass ihre Sommersprossen immer wieder von der Nase rutschen.
Spocky starrt sie mit offenem Mund an. Klar, das ist es! Plötzlich läuft es ihm eiskalt über den Rücken. Natürlich! Die Geister waren zuerst so verschrumpelt wie altes Pergamentpapier gewesen. Aber dann hatten sie sich verjüngt, waren fülliger und strahlender geworden. Und von Minute zu Minute wuchsen sie.
»Die Geister brauchen eure Angst, verdammt

viel Angst!«, haucht Skylla verschwörerisch und pikt mit ihrem Zeigefinger ein paar Löcher in die Luft. »Denn nur, wenn sie größer als drei Meter sind, haben sie die Macht, das Verlies zu verlassen. Dann können sie auf die Erde und die Angst der Menschen fressen, bis sie alles beherrschen.«
Spocky schließt entsetzt die Augen. Nicht auszudenken, was dann passieren würde!
»Aber jetzt kommt's: Wenn du keine Angst mehr hast, sind sie fast erledigt«, säuselt Skylla wie eine Windmaschine. »Und wenn du sie endgültig besiegen willst, brauchst du Licht. Das erkläre ich dir später. Jetzt los, zur Burg!«

Julia starrt Spocky ungläubig an, als er mit dem unsichtbaren Wesen spricht. »Warum darf ich denn kein Mitternachtswasser trinken? Ich will Skylla auch sehen!«, bettelt sie.
Specki nickt zustimmend, während er in eine Salami beißt. »Wovon redet ihr denn eigentlich?«
»Das erkläre ich später. Dafür ist jetzt keine Zeit!« Spocky stehen kleine Schweißperlen auf

der Stirn. »Du musst sofort die Tür öffnen«, ruft er dem Gespenstermädchen zu. »Das Geheimwappen dort oben klemmt.«
Skylla kneift die Augen zusammen und konzentriert sich auf das Wappen. Ihr kleiner Körper zittert vor Anstrengung, als sich endlich das steinerne Viereck dreht und die Geheimtür sich langsam öffnet.
»Bleibt lieber hier«, ruft er Julia und Specki zu, während Spocky in den dunklen Geheimgang springt. »Ihr habt ja keine Erfahrung mit Gespenstern. Das ist für euch zu gefährlich!«
Skylla schwebt direkt hinter ihm her und schon schlägt die Steintür wieder zu.
»Wie schaffe ich das nur, keine Angst zu haben?«, fragt Spocky verzweifelt.
»Wie ein Mensch das schafft?«, überlegt der kleine Poltergeist. »Du musst dich in Licht hüllen. Wie ich.«
Spocky betrachtet den milchigen Lichtschimmer, der Skylla einhüllt.
»Wenn jemand Licht gegen Pykaton-Geister ausstrahlt, dann schrumpeln sie zusammen«, erklärt ihm Skylla.

»Kann ich dazu auch meine Taschenlampe nehmen?«, fragt er zweifelnd.
»Versuch es einfach«, flüstert das Geistermädchen. »Aber denk daran: keine Angst haben. Sonst saugt Güldenberg dich aus wie eine Spinne die tote Fliege.«
Spocky tastet sich an der lehmigen Wand entlang, bis sein rechter Fuß die erste Stufe fühlt. Noch einmal atmet er tief durch und dann schleicht er Stufe um Stufe tiefer ins Gewölbe. Unten flammt wieder dieses giftgrüne Licht auf. Aber diesmal scheint es so kräftig, dass es schmerzt. Spocky schließt kurz die Augen, weil sie brennen. Mit der rechten Hand hält er die Taschenlampe fest umklammert. Noch will er sie nicht anknipsen, um sich nicht zu verraten. Vielleicht hilft ja Skyllas Tipp mit dem Licht, überlegt er. Ein Versuch kann nicht schaden!
Mit geschlossenen Augen stellt er sich vor, dass er sich in Licht hüllt. So, als würde er mitten in einer grellen Sonne stehen. Vorsichtig öffnet er die Augen. Und tatsächlich kann er das giftgrüne Licht besser ertragen. Er kneift entschlossen die Lippen zusammen und tastet

sich Stufe um Stufe tiefer ins Gewölbe, während Skylla wie auf einer Rutschbahn bäuchlings den Gang runter in die Tiefe saust und wieder raufschwebt.

»Es sind genau dreihundertzweiundsechzigeinhalb Stufen«, teilt sie Spocky mit und taucht in das Felsgestein ein, um die Festigkeit der Mauern zu untersuchen.

Ein donnerndes Dröhnen ist zu hören und schon bläht sich der giftgrün schillernde Gespensterleib von Graf Güldenberg vor Spocky auf. Die hängenden Hautlappen sind mit wabernder Masse aufgefüllt und sein vorhin erbärmlich ausgemergeltes Gesicht strotzt vor Gesundheit. Zwischen seinen gelben Zähnen stößt er ein eiskaltes, zischendes Gelächter aus, das Spocky durch Mark und Bein geht. Mit Entsetzen denkt er an Maja, an deren Angst der Geist sich gemästet hat. Die blutroten Kohleaugen des Grafen versuchen ihn gierig mit den Blicken zu greifen, während seine blassen Lippen nach ihm schnappen.

Blitzschnell schaltet Spocky seine Taschenlampe an und leuchtet dem Grafen ins Ge-

sicht. Der kneift die Augen zusammen und weicht zurück. Aber nur einen Augenblick. Der Lichtschein ist zu schwach.

»Skylla!«, ruft Spocky verzweifelt und zwingt sich zur Ruhe. In diesem Moment taucht der kleine Poltergeist zwischen zwei Steinbrocken auf und leuchtet dem Giftgespenst mit aller Kraft entgegen. Der Graf reißt sein Gespenstermaul auf, als wolle er Spocky verschlingen. Er spürt, dass seine Widersacher seinem Geheimnis auf die Schliche gekommen sind. Wie mit einem Degen ficht Spocky mit dem Lichtstrahl. Skylla strahlt aus sämtlichen Poren, bündelt das Licht und lenkt es ihrem Gegner mitten ins Herz.

Plötzlich ist ein hohles Aufjaulen zu hören, ein gigantischer Luftwirbel flammt auf und reißt das Gespenst mit in die Tiefe.

»Jetzt holt er sich bestimmt neue Kraft bei Maja. Aber wo ist sie?«, flüstert Spocky aufgeregt.

Schnell springt Spocky die restlichen Stufen der Steintreppe hinunter, tief in das unterirdische Gewölbe hinein. Wieder stellt er seine intergalaktischen Lautsprecher auf Empfang, aber nichts ist zu hören. Nur ein dumpfes Brummen dröhnt in sein Ohr, so unwirklich, als käme es aus einer anderen Welt. Ängstlich schaut er sich um. Er steht mitten in einer runden Steinhöhle, von der mehrere Gänge abzweigen.

In diesem Rondell schwebt Skylla nachdenklich im Kreis. Ihre Mopphaare stehen wie rohe Spagetti vom Kopf ab.

»Eieieiei!«, jammert sie und ringt die Hände, sodass sich ihre langen Finger zu einem wirren Knäuel verknoten. »Ich bin nicht so gut im Strahlen. Mehr geht nicht!«, wispert sie Spocky traurig zu und lässt ihre Ohren schlapp herunterhängen. »Mehr kann ich nicht! Skylla ist kein Strahlgespenst! Nein, nein, nein!«

Er streichelt ihr behutsam über den Rücken. »Die erste Runde ging doch an uns, oder?«, versucht er sie zu trösten.

»Und wenn die Gräfin auch noch auftaucht?«, gibt Skylla zu bedenken. Endlich hat sie ihre Finger wieder entwirrt und rauft sich die schwarzen Mopphaare.

Da tritt Spocky fast auf etwas Schwarzes mit einer weißen Lackspitze.
»Das ist ja Majas Zauberstab!« Schnell bückt er sich, um ihn aufzuheben. »Ob sie uns damit etwas sagen will?«
Er fühlt, dass der obere weiße Teil im Gewinde nicht richtig zugedreht ist.
Stimmt ja, denkt er. Im Stab befindet sich ein Hohlraum für geheime Botschaften. Hastig dreht er die beiden Teile auseinander und zieht einen kleinen Zettel aus dem Versteck, während Skylla sich neugierig auf seine Schultern hockt.
Nachdenklich schüttelt er den Kopf. *Murmeln* ist darauf gekritzelt.
Skylla schwebt kopfüber mit verschränkten Armen an der Deckenwand entlang und grummelt: »Brubbeldibrubbel!«
»Was machst du denn da schon wieder?«, seufzt Spocky, sichtlich genervt.
»Na, ich murmle. Das hörst du doch. Wie Maja aufgeschrieben hat!« Der kleine Poltergeist zieht beleidigt die Stirn kraus und beginnt seine Sommersprossen neu zu ordnen.
»Mir ist überhaupt nicht nach irgendwelchen

Scherzen zu Mute!«, fährt Spocky sie an. »Maja ist in Gefahr!«
Erschrocken zuckt Skylla zusammen und schwebt brav hinter ihrem Menschenfreund her. Murmeln . . . Spocky überlegt und leuchtet mit seiner Taschenlampe in die einzelnen Gänge. Plötzlich reflektiert eine bunt schillernde Kugel das Licht seiner Taschenlampe in allen Regenbogenfarben.
»Majas Zaubermurmeln! Natürlich!« Schnell steckt er die Kugel in die Tasche und schon flitzen sie den dunklen Gang entlang, den die Zaubermurmel angezeigt hat. Spocky voraus und Skylla gehorsam hinterher.
»Kluge Maja!«, stellt sie befriedigt fest. »Will uns den Weg zeigen!«
Und wieder gabelt sich der Gang. Diesmal liegt auf dem rechten Weg eine schillernde Murmel. Wieder steckt Spocky sie ein. Ein Stück weiter liegen plötzlich mitten auf dem Weg drei Murmeln direkt übereinander und eine weitere in einem kleinen Abstand darunter. Das sieht aus wie ein Achtungszeichen. Vorsichtig leuchtet Spocky die steinige Höhlenwand ab. Er entdeckt einen feinen

Draht, der über den Weg gespannt ist. Skylla konzentriert sich und lässt durch ihre Geisteskraft die Murmeln gegen den Draht springen. Da löst sich von der Decke ein messerscharfes Schwert, das sich genau vor ihnen mit der schweren Spitze in den Boden rammt.
Spocky springt erschrocken zur Seite. »Eine von Güldenbergs Fallen!«
Skylla kräht übermütig: »Ein Schwert tief in den Boden traf. Das war bestimmt der alte Graf!«
Plötzlich fällt Spocky ein, dass er ja Majas Murmeln eingesammelt hat. Wie sollen sie jemals zurückfinden? Er leuchtet besorgt zurück in das Labyrinth. Da bemerkt er, dass das Licht der Taschenlampe ein wenig flackert und schwächer wird. Gleichzeitig ist aus der Finsternis ein schadenfrohes, ohrenbetäubendes Gelächter zu hören.
»Was machen wir nur?«, fragt Spocky erschrocken.
»Tante Lilly!«, ruft Skylla aufgeregt. Sie rupft sich einen Schneidezahn raus und setzt ihn verkehrt herum wieder ein. »Ich werde sie ru-

fen!« Sie konzentriert sich und presst ihre knallroten Lippen aufeinander. Schon bald steigen vor Anstrengung wieder kleine Dampfwolken aus ihrem Kopf.

»Skylla kriegt keinen Kontakt zu ihr! Keine Ahnung, wo Tante Lilly steckt.« Sie schüttelt traurig den Kopf und rollt die Augen so stark, dass sie einmal um sich selber kreisen, während sie ihre Arme wie Propeller durch die Luft wirbeln lässt.

»Spocky muss Maja allein weitersuchen«, haucht sie ihm ins Ohr. »Werde Tante Lilly suchen und schwupp . . . dann ist Skylla wieder da!« Und schon hat sich der kleine Poltergeist in einen feinen Nebel aufgelöst, der bereits nach einem Atemzug verdampft ist.

Spocky hört mit seinen Kopfhörern in das unterirdische Reich von Graf Güldenberg. Nirgendwo ist ein Laut zu hören.

Ich muss mich bemerkbar machen!, überlegt er verzweifelt. Tausend Gedanken wirbeln ihm durch den Kopf. Maja muss wissen, dass ich in ihrer Nähe bin! Ohne zu zögern, stößt er ihren grellen Erkennungspfiff aus. Aus allen

Gängen hallt er tausendfach wider. Ob Maja ihn gehört hat? Spocky leuchtet auf den steinigen Boden und hastet vorwärts. Nur schnell weiter! Und kein bisschen von der Batterie unnütz vergeuden!
Wieder gabelt sich der Weg. Diesmal zeigt die Zaubermurmel links entlang. Nach einem kurzen Stück liegen auf dem Boden vier Kugeln nebeneinander. Mit einem Finger oder einem Stock hat Maja rechts und links eine Pfeilspitze in den Lehmboden gemalt. Was das wohl zu bedeuten hat?
Spocky leuchtet rechts und links an den Wänden entlang, aber nichts ist zu sehen.
Plötzlich pendeln von beiden Seiten zwei behaarte Riesenspinnen an langen Fäden durch die Luft. Mit ihren schmutzig gelben Augen starren sie ihn an wie Schlangen, die ihn mit ihren Blicken in den Bann ziehen wollen.
Im selben Moment taucht Graf Güldenberg hämisch grinsend vor ihm auf. Sein giftgrünes Licht pulsiert wie der Herzschlag einer Raubkatze. Grinsend bleckt er seine gelben Zähne. Es sieht aus, als wollte er Gift verspritzen.

Spocky reißt sich zusammen. Nur keine Angst zeigen! Er richtet das schwächer gewordene Licht der Taschenlampe auf das gefährlich schillernde Gespenst und schiebt die müden Spinnenattrappen, die schlapp an ihren Fäden hängen, zur Seite. Dabei stellt er sich vor, er hätte eine Riesensonne verschluckt, die mit ihren goldgelben Strahlen dem Gespenst jede Kraft nimmt.
Langsam weicht Graf Güldenberg zurück. Mit seinen rot glühenden Augen funkelt er Spocky wütend an. Und schon verschwindet er mit einem Luftwirbel in den dunklen Gängen. »Nur . . . noch . . . ein paar Minütchen . . . und die Kraft deiner Lampe . . . wird erloschen sein«, scheppert er keuchend wie durch ein Riesenmegafon ins Labyrinth. »Dann hast du . . . keine Chance mehr.«
Spocky schluckt. Er weiß, dass es die Wahrheit ist. Schnell lässt er die leblosen Riesenspinnen hinter sich und huscht weiter den Gang entlang. Die Strahlen seiner Taschenlampe werden schwächer und schwächer. Ganz weit hinten nimmt er plötzlich einen Hauch von diesem blassgrünlichen Flimmern

wahr. Ob sie Maja dorthin verschleppt haben? Wieder stößt er den Erkennungspfiff aus, der durch die Gewölbe tausendfach widerhallt. Darunter mischt sich ein anderer Pfeifton. Das war kein Echo! Maja hat geantwortet.

Vor Erleichterung übersieht er fast ein paar Murmeln, die eng zusammen in einer Linie liegen. Er stolpert, verliert das Gleichgewicht und seine Taschenlampe fällt nach vorn in eine weiche, wabernde Masse. Und schon versinkt sie. Der Lichtstrahl erhellt den grünen, glibberigen Schleim. Spocky greift hinein, um die Lampe wieder herauszufischen. Mit der Hand tastet er durch die leuchtende Masse, aber die Lampe sinkt immer tiefer. Spocky legt sich auf den Bauch. Im letzten Moment gelingt es ihm, die Lampe festzuhalten.

»Noch mal Glück gehabt«, murmelt er erleichtert. Ohne Taschenlampe wäre er verloren gewesen. Er wischt sich mit dem Taschentuch sauber und hangelt sich an der linken Gesteinswand an dem schleimigen See vorbei. Aufmerksam untersucht er im müden Licht

der Taschenlampe den Boden, während er so schnell wie möglich weiterläuft. Aber keine weiteren Murmeln sind zu entdecken.
Und wenn Maja keine mehr hatte?
Das flirrende Licht am Ende des Ganges wird immer heller. Spocky nimmt ein seltsames Glitzern und Glimmern wahr. Schneller! Maja braucht seine Hilfe! Nur noch ein paar Schritte – da endet der steinige Gang in einer scharfen Linkskurve. Vorsichtig späht er um die Ecke und sieht einen prächtig ausgestatteten Saal.
Maja hockt in einem Riesenkäfig mit goldenen Stäben, der an einer schweren Kette hängt, die wiederum an der Decke befestigt ist. Sie wirkt total entkräftet. Der gierig flackernde Graf Güldenberg ist gerade damit beschäftigt, die aufgehäuften Dukaten aus einer Truhe zu zählen. Seine inzwischen fettleibige Gattin hat sich auf einem Edelstein-Thron niedergelassen. Ihre Gesichtszüge sind verquollen, die Augen triefen. Das satte Türkis der wabernden Gestalt brennt hell wie Leuchtfeuer in der Nacht. Die Fettflecken haben sich vor dem Thron ausgebreitet.

Der Boden des Saales ist aus feinen Mosaiksteinen zusammengesetzt. In der Mitte prangt ein Riesenlöwe, der drohend eine Tatze reckt. Neben dem Löwen stehen mehrere Truhen, übervoll mit Gold, Dukaten, Perlen und ande-

ren Kostbarkeiten. An den Seitenwänden hängen in Goldrahmen gefasste Spiegel. Kostbare Stoffe sind dazwischen gespannt. Die Decke ist wie ein riesiger Sternenhimmel gestaltet, mit Monden, die um die Planeten kreisen. Den Mittelpunkt bildet eine schwarze Sonne, in die der Kopf von Graf Güldenberg gezeichnet ist, um den alles kreist: der Mittelpunkt des Universums.
Spocky schleicht sich hinter den Marmorsäulen, die die riesige Decke halten, näher zu Maja und wirft vorsichtig mit winzig kleinen Steinchen nach ihr. Getroffen!
Maja dreht sich erschrocken um. Spocky legt den Finger auf den Mund. Er formt aus Zeigefinger und Daumen ein O und dann in der Fingersprache ein K. Fragend deutet er auf Maja.
Die nickt und reibt sich erleichtert die Augen. Eine dicke Träne kullert ihr über die Wange.
Mit ausgestreckten Armen deutet Spocky einen Faden an und hebt das Fläschchen mit dem Mitternachtswasser hoch. Noch haben ihn die beiden Pykaton-Geister nicht bemerkt.

Maja öffnet geräuschlos ihr rotes Zauberköfferchen und holt vorsichtig einen zusammengewickelten Bindfaden heraus. Sie wirft Spocky das Knäuel zu und behält das Ende in der Hand. Es landet einen Meter von ihm entfernt auf dem Mosaikboden, direkt im Blickfeld der beiden Gespenster.

Spocky legt sich flach auf den Boden und robbt sich Zentimeter um Zentimeter vor. Nur noch knapp eine Fingerlänge ist er von dem Knäuel entfernt.

Da wirbelt Graf Güldenberg mit einem lang gezogenen, pfeifenden Seufzer auf und wirft den beiden Kindern gierige, rot flammende Blicke zu. Maja duckt sich und zuckt zusammen.

»Du darfst keine Angst haben«, ruft ihr Spocky zu. »Von deiner Angst wächst das Gespenst. Es saugt dich aus und nimmt dir die Kraft.«

Maja starrt ihn mit offenem Mund an. Sie wirkt sehr schwach und mitgenommen, als hätte man ihr bereits alle Kräfte geraubt. Dann sinkt sie in sich zusammen und fällt auf den Boden.

Spocky schaut sich um. Wie kann er die beiden Giganten besiegen? Er spürt, wie Angst in ihm aufsteigt. Und sofort werden die Gespenster noch praller und größer.
Die Gräfin Güldenberg lacht hämisch. Aus ihrem Mund tropfen türkisfarbene Glibberblasen, die wie Seifenblasen in der Luft zerplatzen.
Spocky richtet seine Taschenlampe auf sie, aber der Lichtstrahl ist zu schwach, nur ein gelbliches Dämmerlicht ist noch zu sehen.
»Spocky, hierher!« Maja steht plötzlich grinsend hinter einem der Barockspiegel. Sie hatte den Ohnmachtsanfall nur vorgetäuscht und sich in einem unbeobachteten Moment aus der Gitterfalle befreit. »Wenn sie in den Spiegel schauen, können sie uns die Angst nicht wegnehmen.«
Mit einem Satz ist Spocky bei ihr.
Die Gräfin hat sich inzwischen schwerfällig von ihrem Thron erhoben und schwebt mit ihrem Gatten bedrohlich auf die Kinder zu.
»Los, erzähl einen Witz!«, sagt Maja zu Spocky. »Dann müssen wir lachen und sie können uns nicht aussaugen.«

»Kommt ein Gespenst zum Arzt . . .«, beginnt er hastig und reicht Maja die Flasche mit dem Mitternachtswasser. Sie trinkt es schnell aus.

Da dringt ein ohrenbetäubender, grauenhafter Schrei aus der Kehle von Graf Güldenberg. Den Kindern läuft es eiskalt über den Rücken. Mit einem Blitzschlag zerfällt der Barockspiegel und die beiden Kinder hocken ungeschützt vor den glühenden Giganten.

Die glutroten Augen von Graf Güldenberg brennen sich in ihre Gedanken und Gefühle, als würden sie hypnotisiert. Spocky versucht mit dem schwachen Strahl seiner Taschenlampe Widerstand zu leisten. Aber er spürt, wie ihm immer mehr die Kraft genommen wird. Die Albinoaugen der Gräfin werfen wellenförmige, unsichtbare Netze über die Kinder. Schon wachsen die Gespenster fast so hoch wie die Säulen. Ihnen fehlen nur noch ein paar Zentimeter. Dann können sie das Gewölbe verlassen und in die irdische Welt zurückkehren.

In diesem Moment durchzuckt ein grellweißes, gleißendes Licht den Saal. Ein kleines Wesen mit silberhellen Flügeln flattert herein, ein Irrlicht. Es bündelt seine sonnengrellen Strahlen und schleudert sie Graf Güldenberg und seiner Frau entgegen.

»Tante Lilly, da bist du ja!«, ruft Spocky erleichtert.

»Wieder da!«, krächzt eine bekannte Stimme.

Und schon taucht Skylla vor ihnen auf, mit Onkel Toni, dem schreienden Schädel, der sofort mit seinen blutroten Kohleaugen den Kampf mit den Pykaton-Geistern aufnimmt. In sich zusammengesunken, weichen der Graf und seine Gemahlin zurück.

»Ooooh, wie schön!«, säuselt Oma Mimikri, das weiße Lakengespenst, und rasselt vergnügt mit ihren verrosteten Ketten. »Hier lässt es sich aber schön spuken!« Sie schwebt über die Schatzkisten und beäugt die Dukaten und Goldmünzen.

Ein wirbelnder Windstoß – und Graf Güldenberg stürzt sich auf sie. Er hebt bedrohlich seine grünen Arme, um Oma Mimikri von seinem

Schatz zu verscheuchen. Seine Gemahlin bläht ihren fetten Leib neben ihm auf.
In diesem Moment wirft Tante Lilly den beiden einen gleißenden Blitzstrahl entgegen. Das giftgrüne Licht des Grafen zuckt auf, während er sich schützend über seine Schätze beugt. Die Gräfin schrumpft langsam zusammen, ihre türkisfarbenen Fetttropfen versickern im Mosaikboden. Entsetzt reißt sie die Arme hoch und stößt einen markerschütternden Schrei aus. Der Graf fletscht in hilfloser Wut die Zähne. Mehr und mehr verliert er an Größe. Sein verwaschenes Grün hat kaum noch Leuchtkraft.
Tante Lilly richtet ihren Lichtstrahl direkt auf das Herz der Gräfin, während Onkel Toni mit seinen glühenden Kohleaugen die Kraft des Grafen lähmt.
Die beiden schrumpfen, bis sie zu einem winzigen Punkt zusammengeschmolzen sind, der mit einem lauten Knall in tausend Funken explodiert. Dann ist es ganz still. Als hätte die Zeit den Atem angehalten.
Plötzlich jubeln Maja und Spocky laut los und Onkel Toni nickt zufrieden. Nur Oma Mimikri

ist enttäuscht. »Ooooch, schon alles vorbei?« Traurig lässt sie die verrosteten Ketten in ihren Gichtfingern herunterhängen.
Skylla lässt vor Freude Goldmünzen an die Decke schweben und langsam wieder herunterrieseln. Es sieht aus, als würde ein goldener Wasserfall vom Himmel regnen.

Zurück aus dem Labyrinth

»Wo sind Julia und Specki?«, fragt Maja plötzlich. Skylla hängt immer noch in ihren Armen und drückt sie, dass es quietscht.
»Die warten wahrscheinlich oben!« Spocky lächelt Tante Lilly, dem kleinen Irrlicht aus den schottischen Sümpfen, dankbar zu. Skylla, Onkel Toni, Tante Lilly und Oma Mimikri einigen sich darauf, die Kinder bis zum Ausgang zu begleiten.
Tante Lilly fliegt vor und leuchtet ihnen. Skylla lässt durch Gedankenkraft einen hell scheinenden Erinnerungsnebel wachsen. Der zeigt an, wo sie entlanggehen müssen.
Oma Mimikri ist von dem Labyrinth völlig begeistert. Wie besessen rasselt sie mit ihren

Ketten. Ein paar Mal muss Onkel Toni sie in einem entfernten Gang wieder auflesen, weil sie sich verschwebt hat.

Und so ziehen sie vorbei an der wabernden Masse, den herabhängenden Spinnenleibern und an dem spitzen Schwert, das immer noch in der Erde steckt.

Endlich gelangt die seltsame Prozession in den Vorraum, von dem die Treppenstufen hoch in die Burg führen.

Onkel Toni zwinkert den Kindern mit seinen rot glühenden Augen noch einmal zu und gibt Skylla einen knochigen Kuss auf die Wange. Dann schnappt er Oma Mimikri, die schon wieder zurück ins Labyrinth schweben will. Tante Lilly winkt mit ihren kleinen, hellen Händen. »Bis zum nächsten Mal!«, ruft sie mit feiner Glockenstimme. In Sekundenschnelle verschwinden die Geister vor den Augen der Kinder. Nur ein winziger, schillernder Konfettiregen rieselt langsam zur Erde.

Skylla umarmt ihre beiden Freunde und seufzt so laut auf vor Erleichterung, dass die Steindecke über ihnen sanft ins Vibrieren gerät.

»Dreihundertsechsundzwanzigeinhalb Stufen!«, schnauft Maja. »Ist das anstrengend. Das hält ja kein Schwein aus.« Völlig verschwitzt und mit letzter Kraft taumelt sie die letzten Stufen hoch.

Auch Spocky spürt jeden Knochen im Leib. Die blonden Haare kleben strähnig und schweißnass an seiner Stirn. »Und wie kommen wir wieder durch die Geheimtür?«, fragt er.

Skylla grinst. Sie breitet die Arme aus und flattert durch die Geheimtür, bis nur noch ihr Hinterteil zu sehen ist.

»Gedankenkraft, Gedankenkraft, das ist die Kraft, die alles schafft!«, hören sie das Gespenstermädchen singen. Es klingt, als würde man mit einer verrosteten Gabel über einen Teller kratzen.

Und tatsächlich öffnet sich knirschend die steinerne Tür. Mit einem Satz sind Maja und Spocky wieder in dem Kaminraum und werden von Julia und Specki jubelnd begrüßt.

Die beiden haben inzwischen Steine zusammengetragen und eine Art Treppe gebaut, die zum Steinwappen führt. Auf diesem Podest haben sie immer wieder mit aller Kraft versucht den Quader zu bewegen, aber er hat keinen Millimeter nachgegeben.

»Und?«, fragt Specki gespannt. »Wie war es da unten?«

»Es ist alles in Ordnung!«, antwortet Spocky müde. »Morgen, ja? Um drei in der Fischfabrik. Da werden wir euch alles genau erzählen.«

Erschöpft machen sie sich auf den Heimweg. Nachdem sich Julia und Specki an der alten knorrigen Eiche verabschiedet haben, blinzelt Skylla sie traurig an. Sie zupft an ihrem Gespensterhemdchen herum und ihre Mopphaare hängen auf einmal schlaff von ihrem Kopf herunter.

»Schon vorbei«, säuselt sie ganz leise und eine winzig kleine Träne läuft ihr über die bleiche Wange. »Skylla muss wieder weg!«

Maja lässt ihr kleines rotes Zauberköfferchen los, rennt auf Skylla zu und drückt sie fest an sich. »Nein! Du musst noch bei uns bleiben. Wir konnten doch noch gar nicht richtig miteinander reden.«

Skylla streichelt ihr mit der knochigen Hand

übers Gesicht. »Geht nicht. Auftrag erledigt. Und Maja gerettet. Skylla muss wieder weg. So will es der Gespensterrat.«
Spocky legt auch die Arme um Skylla und schenkt ihr eine schillernde Murmel zum Abschied.
Die beiden spüren, wie sich der kleine Poltergeist in ihren Armen langsam in Luft auflöst.

Nur noch ein heller Nebel liegt in der Luft, Milliarden von winzigen Leuchtkristallen. Ganz aus der Ferne hören sie eine Stimme. »Aber Skylla kommt wieder. Garantiert!« Es klingt, als wäre sie schon in einer anderen Dimension.
Maja atmet tief durch und wischt sich Tränen aus den Augen.
Spocky legt tröstend den Arm um sie. »Nächstes Mal wird sie wieder länger bei uns bleiben. Ganz bestimmt.«
In diesem Moment schlägt die tiefe Glocke der Sebastianskirche ein Uhr. Ein kalter Wind weht Maja ins Gesicht. Sie fröstelt. »Ich bin furchtbar müde.«
Spocky nickt. »Bis morgen?«
»Bis morgen!« Und schon läuft Maja mit ihrem Schlafsack und dem kleinen roten Zauberköfferchen nach Hause.

Am nächsten Tag trifft sich die Haifischbande pünktlich um drei in der alten Fischfabrik. In Windeseile hatte sich herumgesprochen, was in der letzten Nacht in der alten Burg geschehen war.

Spocky und Maja erzählen von dem gigantischen Labyrinth und den Pykaton-Geistern. Und wie Skylla und ihre Familie sie befreit haben. Dabei hält Maja ihren Haifischzahn vor Aufregung fest umklammert. Die Kinder starren die beiden an, als hätten sie das achte Weltwunder vor sich.

»Wenn ich das gewusst hätte! Ich hätte alles stehen und liegen gelassen und wäre mitgekommen!« Tobias schaut Spocky und Maja neidisch an. »Aber eins versteh ich nicht. Wieso konnte das Licht in diesem Prunksaal die Gespenster nicht klein halten? Was war denn da der Unterschied zu eurer Taschenlampe?«

»Ist doch logisch. Der Schein der Taschenlampe war von uns gelenkt, sozusagen wie ein verlängerter Arm. Und das machte uns stärker als unsere Angst.«

»Und woher kannte Maja die einzelnen Fallen?«, wollte Vanessa wissen. »Wieso konnte sie Spocky mit ihren Zauberkugeln den Weg zeigen?«

»Die Gespenster haben mich vorsichtig an den Fallen vorbeigetrieben und mir ausgemalt, was an der Stelle mit Spocky passieren würde.« Maja grinst und öffnet ihr kleines rotes Zauberköfferchen. »Graf Güldenberg war so von sich eingenommen, dass er gar nicht gemerkt hat, wie ich die Glasmurmeln auf die Erde gelegt hab.«

»Und was passiert jetzt mit dem verborgenen Schatz?«, will Mehmet wissen, der tatsächlich seine Kopfhörer abgesetzt hat und den Erzählungen der Kinder zuhört.

»Nachher haben wir eine Verabredung mit dem Museumsdirektor und dem Bürgermeister. Die wollen sich den Schatz erst einmal ansehen. Irgendwie glauben die immer noch, dass das Ganze nur ein Streich von uns ist. Na, die werden Augen machen!«

»Bestimmt kriegen wir eine saftige Belohnung!« Specki grinst und seine Augen glänzen vor Freude, als wären Weihnachten, Geburtstag und Ostern auf einen Tag gefallen. »Wär doch toll, wenn sie uns eine Europareise schenken würden. Zu allen bekannten Spukschlössern und Burgen, die es gibt.«

Maja stellt sich mit hochroten Wangen vor den Couchtisch und legt ihren schwarzen Umhang

um. »Bis dahin muss ich einige Tricks perfekt draufhaben!« Sie stellt den Zylinder auf den Tisch und wirbelt den Zauberstab durch die Luft, als wollte sie ein ganzes Orchester dirigieren. »Uuuund Simsalabim . . . Mist verdammt! Hat wieder nicht geklappt!«

»Nein!«, kreischt Julia. Sie springt auf den Fenstersims und zieht die Beine hoch. »Hilfe! Sie zaubert wieder mit Mäusen!«

Spocky, der mit seinem Fernglas am Fenster steht, wirft Maja einen durchdringenden Blick zu und schüttelt den Kopf.

Sie kann es einfach nicht lassen!

Abenteuerland

Zeitreise-Abenteuer

Jan Flieger

Schatzsuche auf der Totenkopfinsel

Spannend, dieses alte Museumsschiff im Hafen! Vanessa, Julia, Long Basti und Specki sind fasziniert. Ob der Kahn wirklich einmal einer blutrünstigen Piratenbande gehört hat? Seemannsgarn oder nicht – mit Old Krusemanns Zeitkugel lässt sich das überprüfen. Plötzlich sind die vier mitten im tollsten Piratenabenteuer! Und die Freibeuter sind richtig gefährliche Typen…

112 Seiten. Gebunden.
Mit Gimmick! Ab 8 Jahren

Arena